獻給親愛的兒子　Jasper

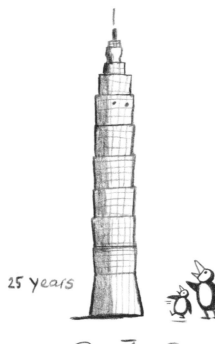

25 years

大吼大叫的企鵝媽媽

文‧圖 尤塔‧鮑爾　譯 賓靜蓀

今天早上，　媽媽好生氣，
氣到對我大吼大叫，

把ㄅㄚˇ我ㄨㄛˇ嚇ㄒㄧㄚˋ得ㄉㄜ全ㄑㄩㄢˊ身ㄕㄣ都ㄉㄡ散ㄙㄢˋ掉ㄉㄧㄠˋ了ㄌㄜ。

我的頭飛向外太空。

我的身體飛到大海中。

我的翅膀掉進叢林裡。

我ㄨㄛ的ㄉㄜ嘴ㄗㄨㄟ巴ㄅㄚ降ㄐㄧㄤ落ㄌㄨㄛ在ㄗㄞ山ㄕㄢ頂ㄉㄧㄥ。

我的屁股淹沒在大城市裡。

只ㄓˇ有ㄧㄡˇ我ㄨㄛˇ的ㄉㄜ兩ㄌㄧㄤˇ隻ㄓ腳ㄐㄧㄠˇ還ㄏㄞˊ在ㄗㄞˋ，

但ㄉㄢˋ是ㄕˋ， 它ㄊㄚ們ㄇㄣ一ㄧˋ直ㄓˊ跑ㄆㄠˇ一ㄧˋ直ㄓˊ跑ㄆㄠˇ。

我想要找回身體，

但是，眼睛在外太空……

我想要喊救命，

但是，嘴巴在山頂上……

我想要飛走，
但是，翅膀在叢林裡……

我ㄨㄛˇ的ㄉㄜ˙兩ㄌㄧㄤˇ隻ㄓ腳ㄐㄧㄠˇ走ㄗㄡˇ了ㄌㄜ˙好ㄏㄠˇ久ㄐㄧㄡˇ好ㄏㄠˇ久ㄐㄧㄡˇ，很ㄏㄣˇ累ㄌㄟˋ了ㄌㄜ˙，

當ㄉㄤ我ㄨㄛˇ走ㄗㄡˇ到ㄉㄠˋ撒ㄙㄚ哈ㄏㄚ拉ㄌㄚ沙ㄕㄚ漠ㄇㄛˋ的ㄉㄜ˙時ㄕˊ候ㄏㄡˋ，

出現了一個好大的影子。

原來，媽媽把我散掉的身體都找回來，而且縫好了，

只_{ㄓˇ}差_{ㄔㄚ}這_{ㄓㄜˋ}兩_{ㄌㄧㄤˇ}隻_ㄓ腳_{ㄐㄧㄠˇ}。

媽媽說：「對不起。」

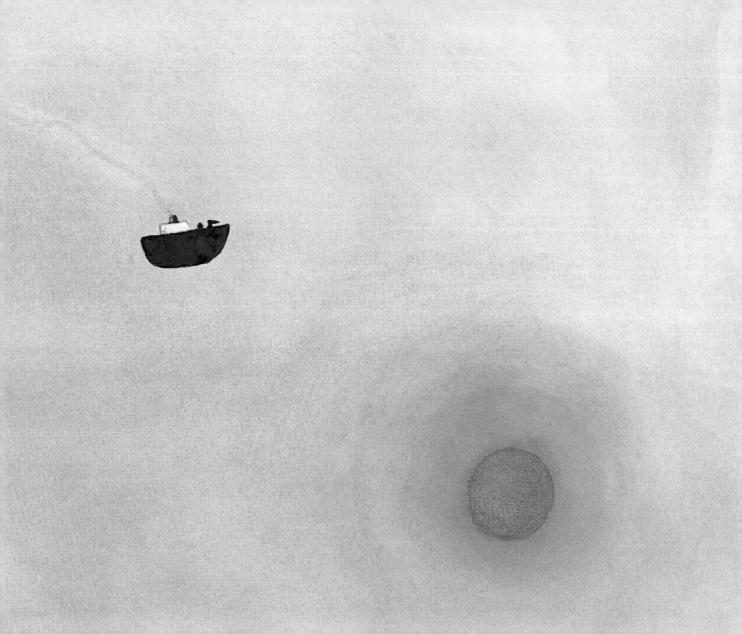

自我修煉，創造高 EQ 的家庭文化

文／情緒教育專家 楊俐容

　　學前幼兒對於父母，尤其是媽媽，有非常濃烈的依戀，他們需要父母的溫暖擁抱、親密接觸，也渴望和爸爸媽媽有愉快的情感交流。這種特別的情感關係被稱為「依附關係」，是幼兒情緒與人際健全發展重要基石，也是學前幼兒能夠放心探索外在世界的主要動力。

　　當父母能夠適時覺察、回應孩子的生理與情感需求，並提供孩子穩定一致的照顧，不太受外界或自己的情緒干擾時，最能培養出有安全感、信任感的孩子，也為孩子長大成人後的自我概念、人際關係和情緒管理，立下堅實的地基。相對的，如果父母時而溫柔撫觸，時而煩躁粗魯，孩子就會感到無所適從，並對父母產生又愛又惡的矛盾情感。這樣的孩子經常焦慮不安，因為無法信任而對周遭的人事物充滿敵意和憤怒。

　　然而，為人父母雖然是美好的生命體驗，卻從來不是輕鬆的角色任務。再有耐性的父母，也有火冒三丈、情緒爆衝的時候，就像《大吼大叫的企鵝媽媽》裡的企鵝媽媽，不只生氣……，甚至氣到對孩子大吼大叫。

還好，生命自有它堅韌的一面，孩子從來不要求父母完美；只要不用言語羞辱、不動肢體暴力，在發怒後記得真誠道歉、擁抱孩子，讓孩子知道你的愛仍在，這些傷痕多少可以獲得撫平。如同本書最後幾頁，媽媽努力將小企鵝被嚇得飛散四處的肢體縫補回來、小企鵝眼眸重新綻放光芒，以及小企鵝和媽媽的四眼對望；在夕陽餘暉的襯托下，散發出一些幸福的溫暖。

不過，孩子終究是孩子，即使努力修復彌補，也無法抹去記憶中害怕驚嚇的痕跡。我衷心企盼，《大吼大叫的企鵝媽媽》的誇飾文字如：「我的頭飛向外太空……身體飛到大海中……翅膀掉進叢林裡……嘴巴降落在山頂……」，以及「我想要找回身體，但是，眼睛在外太空……我想要喊救命，但，嘴巴在山頂上……」，能夠讓更多大人看到孩子面對父母情緒失控時，魂飛魄散、求助無門的情緒。祈願天下父母，以滿滿的親子之愛做為自我修煉的起點，帶著孩子一起創造高 EQ 的家庭文化。

父母對孩子道歉，不是為了認錯，而是因為愛

文／諮商心理師、講師、作家 陳雪如

父母不是聖人，不可能在養育孩子的過程中，每時每刻都控制好情緒。就像這本《大吼大叫的企鵝媽媽》，企鵝媽媽不小心失控吼了孩子。孩子被嚇得身體四散，只剩下腳不停的往前走，想找回失散的身體，卻找不回來。就像孩子在童年受到來自父母的傷害，成為有父有母的孤兒。

孩子失去了嘴巴，因為知道說也沒用，從此不再求救。失去了頭，再也感受不到自己的所思所想，他會以為「反正我的想法不重要，沒人會聽。我的情緒也不重要，最好不存在。」於是活得六神無主。

孩子的翅膀也不見了，失去飛翔的能力，陷入自我懷疑，逐步封閉自我。只剩下腳，不斷往前走著。如同孩子咬著牙，撐過那些受創的時刻，逼迫自己趕快長大，不再倚靠父母、放棄當個孩子，那是一種「不得不的堅強」。

我記得，那些曾經無力的孩子長大了，回憶道：「當我小的時候，你曾那樣對待我、這樣回應我，這些行為、話語，讓我好受傷。」是他們鼓起勇氣，向父母訴說自己童年的受傷，為的，並不是責怪父母，而是好想修復關係，再次與父母連結、再次信任、倚靠父母。是想給親子關係再一次的機會。好希望，爸媽有能力看到那個受傷害怕的孩子，給予安慰擁抱，希望爸媽疼惜自己受過的那些傷。

但是父母們回應：「你怎麼這麼小心眼，拿小本本記下我所有錯誤？」、「你的記憶扭曲了吧！」、「你就是錯了啊！當時情境是這樣，我才這樣回應你的！」

然後，孩子再次經歷到，「爸媽果然無法看到我的受傷難過、無法理解我。」孩子再次縮回自己的世界，失去與父母的連結。

　　這是好多好多孩子，告訴我的故事，這樣的故事，不斷重複發生在許多家庭。就如同《大吼大叫的企鵝媽媽》中的小企鵝，牠怎麼找，也找不回自己失去的身體。因為，在關係上受的傷，需要獲得真實的愛，才能滋養修補那些受傷。這不是靠自己能找回的。故事中，企鵝媽媽氣消了之後，找回了小企鵝四散的身體，幫小企鵝的身體修補好。可是，媽媽還有一個部位找不到，那個部位就是小企鵝的腳。這意味著，即便父母想修補破裂的關係，但，也需要孩子願意走向父母。

　　企鵝媽媽對孩子說：「對不起。」這句道歉，無關乎事實到底是什麼，也無關乎誰對誰錯。這句道歉，代表父母對孩子受傷的看見，與心疼。這句道歉，許多孩子等了好幾年，甚至等了一輩子，都成長為受傷的大人了、父母都走了，也等不到一句父母的道歉跟看見。孩子要的，只是被父母好好愛著。最終，企鵝媽媽將小企鵝的腳縫回身體上。小企鵝終於完整了。

　　無論幾歲的人，內在都有著受傷的孩子，以及「被愛的渴望」。

作‧繪者｜尤塔‧鮑爾 Jutta Bauer

1955 年出生於德國漢堡，畢業於漢堡設計學院，現居於漢堡。2010 年獲頒國際安徒生大獎。與德國著名童書作家柯絲騰‧波耶（Kirsten Boie）合作出版極受歡迎的《七月男孩尤里》（Juli）系列（貝茲吉堡出版社 Beltz & Gelberg），也為多位著名童書作者繪製插畫。自寫自畫的《顏色女王大考驗》（Königin der Farben）被稱為「最美麗的德文書」。尤塔‧鮑爾全集更獲頒「德國青少年文學特別獎」。《大吼大叫的企鵝媽媽》獲得「德國青少年文學獎繪本大獎」。

譯者｜賓靜蓀

喜歡學習外語，曾長住德國。陪伴女兒長大的過程中，深入閱讀各國童書，享受到身為媽媽的另一種幸福。看到德文好書，就忍不住想介紹給更多大小朋友。現任《親子天下》雜誌總主筆。

繪本 0314

大吼大叫的企鵝媽媽（10 萬冊暢銷紀念版）

作‧繪者｜尤塔‧鮑爾（Jutta Bauer） 譯者｜賓靜蓀
責任編輯｜熊君君、陳毓書 美術設計｜翁秋燕 行銷企劃｜張家綺、溫詩潔

天下雜誌群創辦人｜殷允芃
董事長兼執行長｜何琦瑜
媒體暨產品事業群
總經理｜游玉雪
副總經理｜林彥傑
總編輯｜林欣靜
行銷總監｜林育菁
副總監｜蔡忠琦 版權主任｜何晨瑋、黃微真

出版者｜親子天下股份有限公司 地址｜台北市 104 建國北路一段 96 號 4 樓 電話｜（02）2509-2800 傳真｜（02）2509-2462
網址｜www.parenting.com.tw 讀者服務專線｜（02）2662-0332 週一～週五：09:00~17:30
讀者服務傳真｜（02）2662-6048 客服信箱｜parenting@cw.com.tw 法律顧問｜台英國際商務法律事務所‧羅明通律師
印刷製版｜中原造像股份有限公司 總經銷｜大和圖書有限公司 電話（02）8990-2588

出版日期｜2015 年 5 月第一版第一次印行 2023 年 2 月第二版第一次印行 2024 年 9 月第二版第八次印行
定價｜320 元 書號｜BKKP0314P ISBN｜978-626-305-390-8（精裝）

訂購服務
親子天下 Shopping｜shopping.parenting.com.tw 海外‧大量訂購｜parenting@cw.com.tw
書香花園｜台北市建國北路二段 6 巷 11 號 電話（02）2506-1635 劃撥帳號｜50331356 親子天下股份有限公司

國家圖書館出版品預行編目 (CIP) 資料

大吼大叫的企鵝媽媽（10 萬冊暢銷紀念版）/
尤塔‧鮑爾（Jutta Bauer）文‧圖；賓靜蓀譯.
-- 第二版. -- 臺北市：親子天下股份有限公司，
2023.02
40 面；16.8×21 公分（繪本；314）
注音版
譯自：Schreimutter
ISBN 978-626-305-390-8（精裝）

875.599   111020245

立即購買 >